검신의 바람 3

───────── 인도편

이웅 지음

비움과
채움

서문

언제부터인가 인류는 다양성을 잃어버리고 획일된 종교 문화에 들어가야 했습니다. 다른 종교를 배척하고 하나의 신만을 절대화하는 풍조가 지구에 퍼지게 되었습니다.

심지어 길도 하나밖에 없다는 교리가 퍼지기 시작했습니다.

나아가 다른 신앙을 박해하고 전쟁까지 해야 했던 역사를 안고 있습니다.

미래에는 종교적 다양성이 확보되고, 여러 다양한 차원의 길을 걷기를 바라며, 작은 책을 남깁니다.

To the Heaven and To The Earth.

2023. 10. 25.
저자 이웅 씀.

목
차

전쟁을 끝으로 천하는 안정되었다.

홍타이지는 선정을 베풀었다. 한족들도 과거를 볼
수 있었고 이제 청나라의 시대가 열렸다.

미야모토는 주몽을 잃은 뒤 큰 상심에 휩싸였다.

미야모토는 주몽이 행복한 세상에 갔을 거라고 믿
었다.

하늘께서는 주몽의 영혼을 버리지 않았으리라….

그의 육신은 죽었지만, 그의 영혼은 어디엔가 활짝 핀 세상에 있으리라…….

미야모토는 천천히 걸었다.

이제 전쟁은 끝났으니 검신의 검을 쓸 일은 없어졌다.

미야모토는 황궁을 나와 중국의 작은 마을에 머물렀다.

그는 매일 기도하고 상념하며 무(武)의 세계에 몰두하고 있었다.

무의 세계란 끝도 없는 세계였다. 미야모토는 검술을 연마하며, 끝없이 정진하고 정진했다.

미야모토는 세상이 넓음을 점점 깨닫게 된다.

그러던 도중 한 고음 음성이 미야모토에게 들렸다.

"미야모토. 묵상 중이신가요?"

미야모토는 관세음보살의 목소리임을 알았다.

미야모토가 잔잔히 웃으며 말했다.

"어쩐 일이신지요."

관세음보살이 말했다.

"많은 사람을 위해 부탁할 게 하나 있어서 왔어요. 부처가 말년에 깨달은 경전이 바라타(인도)에 남아 있다고 합니다.

그 경전을 구해 주세요."

미야모토가 말했다.

"일전에 지옥에서 저를 구원해주신 은혜 잊지 않고 있습니다. 바라타가 아니라 더한 곳이라도 제가 가겠습니다."

관세음보살이 말했다.

"많은 이들을 돕는 일에 축복이 깃들기를."

미야모토는 그 길로 바로 바라타로 향한다.

미야모토는 중국 남부의 절에 머물렀다.

그때 사람들 6명이 노름을 하고 있었다.

그들은 술을 먹고 흥청망청이었다.

"세상에 사는 의미가 없으니 놀고먹고 마셔야지. 여기 있는 것도 지겨워 죽겠다."

"그러게 말이다. 하루살이 같은 인생 왜 사나 싶어. 노름하고 먹고 마시고 여자와 즐기고 이게 우리 삶의 전부야."

미야모토는 묵념했다.

"과연 인생의 목적은 어디에 있는 것일까? 우리는 누구일까? 어디서 와서 어디로 가는 것일까? 그리고 이곳에 왜 있는 것일까?"

미야모토는 한 마디로 표현할 수 없었지만 지금 삶이 엄청나게 중요하다는 것을 깨달았다.

그리고 그들에게 다가가 말했다.

"이보게들, 재밌게들 노시는군요. 혹시 우리가 여기 온 목적이 있지 않겠소?"

그러자 한 노름꾼이 말했다.

"목적은 무슨. 제기랄. 그냥 놀고먹는 거지."

미야모토가 말했다.

"부처, 공자 예수 등 각종 선생이 목적에 대해 말했으니 그러지 말고 각자 사색하고 전념해 보는 것이 어떻겠소?"

그러자 노름꾼들은 이상하다는 눈으로 미야모토를 보았다.

그리고 한 노름꾼이 말했다.

"이보게 신은 없어. 괜히 힘 빼지 말고 자네도 먹고 놀지 그래? 모든 것은 우연일 뿐이야. 우연일 뿐이라고!!!"

미야모토는 합장을 한 채 그 자리를 떠났다.

미야모토는 속으로 기도했다.

"하늘이시여, 당신이 가려진 것 또한 당신의 섭리. 저들의 무지함을 탓하지 않겠나이다. 그러나 저는 때로는 고독히 때로는 함께 저의 길을 걸어갑니다. 당신을 뵐 때까지 저 역시 정진하고 정진하며 앞으로 가겠나이다.

못난 미물을 이해하소서. 어리석어 눈이 있으나 보지 못하고 귀가 있으나 듣지 못하나이다.

저 역시 미물이나마 하늘을 찾고 경배하오니, 당

신을 뵙기를 원하오니 저의 작은 마음 하나만은 받아 주소서."

미야모토는 서둘러 붓다의 입멸 장소로 떠났다.

쿠시나리카.

붓다가 입멸했다는 이 장소는 불교의 성지였다. 많은 순례객이 부처의 발자취를 기리며 그곳에서 좌선과 명상 그리고 기도를 했다.

미야모토는 붓다의 입멸 장소에 경이 있나 찾기 위해 그곳으로 향했다.

그러나 사찰의 분위기가 심상치 않았다.

터번을 두르고 칼을 찬 무사들이 사찰 주변을 감싸고 있었다.

그리고 저녁 6시가 되자 그들은 기다렸다는 듯이 말한다.

"황제의 명령이다. 다들 해산하라."

그러자 순례객들은 죄인들인 마냥 겁먹은 얼굴로 모두 흩어졌다.

그러나 한 젊은 청년이 계속 앉아서 합장한 자세로 명상을 하고 있었다.

터번을 두른 무사가 그 청년에게 다가갔다. 그리고 발로 청년을 툭 찼다.

"어서 일어나. 황제의 명령이다. 빨리 해산해서 집에 가라."

그러자 그 청년이 눈을 떴다. 청년은 마른 체구였

지만 빛나는 눈동자를 하고 있었다.

"거부합니다. 인간에게는 '종교의 자유'가 있으며, 황제라도 인간의 '종교의 자유'를 침해할 수 없습니다."

그러자 터번을 두른 병사는 의아한 표정을 지었다.

그리고 칼을 뽑았다.

"황제의 명령에 불복하면 즉각 참형이다."

그리고 칼을 위로 들어 청년의 목을 치려 했다.

그 청년은 죽음을 순순히 받아들인 듯했다.

그 청년은 속으로 기도했다.

"하느님, 부당한 힘이 세상에 있고 저같이 힘없는 사람들은 복종해야 합니다.

폭력, 돈, 군대 권력으로 사람들은 사람들을 지배합니다.

하지만 하느님, 저에게는 미력하지만 '신념'이 있습니다.

자유를 숭상하고 정의를 숭상합니다.

저는 죽음이 두렵습니다. 하지만 저의 작은 신념을 위해서 두렵지만, 너무 무섭지만 죽으려 합니다.

이 작은 영혼을 꼭 거두어 주소서."

미야모토는 그 상황을 멀리서 보고 있었다. 미야모토는 그 젊은 청년이 죽기에는 아깝다는 생각이

들었다.

그리고 신풍을 시전한다.

터번을 두른 병사는 한 차가운 바람이 자신을 스치는 것을 느꼈다. 몸이 떨리고 진정되기 어려웠다.

병사가 눈을 떠보니 젊은 청년은 사라진 뒤였다.

그 이슬람 병사가 말했다.

"이것은 신의 징조다. 신이 저 청년을 살려주신 것이다."

한편 젊은 청년은 죽음을 각오하고 있었다.

그런데 자신의 몸이 위로 뜬 채로 어디론가 향하고 있다는 것을 알았다.

'내가 죽은 것인가, 산 것인가.'

그때 한 중후한 음성이 들렸다.

"청년 안심해라. 너를 해치려던 자들은 사라졌다."

미야모토의 음성이었다.

그 청년은 눈을 들어 보았다. 검은 옷을 입은 한 동양인 무사가 자신을 보고 있었다. 그 청년은 직감적으로 그 무사가 자신을 살려준 것을 알았다.

"감사합니다. 무사님."

그리고 그 젊은 청년은 말을 이었다.

"무굴제국의 황제가 이슬람만을 신봉하고 타 종교를 박해하고 있습니다. 저는 붓다의 입멸 장소에서 세상의 고해 원인을 묵상하다가, 그들을 만나게 되었습니다. 그들의 행위가 부당하다고 생각해서 저항하던 도중, 무사님을 만나게 되었네요.

　무사님, 저의 이름은 아자디입니다. '자유'라는 뜻이지요."

　미야모토는 잔잔히 웃었다.

　"나 또한, 누군가의 부탁으로 붓다의 마지막 경전을 찾기 위해 인도에 왔소."

　아자디는 말했다.

　"붓다의 마지막 경전이요? 저는 처음 듣는 얘기입니다."

　미야모토가 말했다.

"아마 세상에 알려지지 않은 소중한 깨달음일 거라고 생각하오. 그래서 청년은 어디로 갈 것이오?"

아자디는 말했다.

"저는 무굴제국 황제에 대항해서 싸울 겁니다. 그러나 저는 혼자의 몸이니 군대에 들어가려 합니다. 지금 마라타 동맹군을 중심으로 무굴제국에 대항하고 있습니다. 그곳으로 가 보려 합니다."

미야모토가 말했다.

"그럼 여기서 우리는 이만 헤어지는 게 나을 것 같소."

아자디가 말했다.

"목숨을 살려주신 무사님의 은혜 잊지 않겠습니

다. 감사합니다."

그렇게 미야모토와 아자디는 헤어졌다.

아자디는 마라타 동맹군에 가입했다. 그는 마라타 군대에서 궂은일도 도맡아 하면서 인도가 독립되기를 바랐다. 아자디는 힘든 일상 속에서도 늘 철학과 사색을 잊지 않았다.

아자디는 왜 이 세상은 부조리 속에 있으며, 사람들은 자신들의 이익을 탐하고, 위에서는 아랫사람을 지배 복종시키려 하며, 서로 다투는지를 계속 생각했다.

아자디는 부처의 가르침을 묵상했다. 이 세속의 작은 것들을 가지려는 이전투구의 욕심으로 상대를 배척하고 자신의 이득을 구축하려는 인간들의 의식 안에서 세상의 혼란과 분쟁이 있다고 보았다.

아자디는 서글퍼졌다. 마치 아귀계와 같은 세상에 자신이 놓여있기에…. 이곳에 구원은 없는 것일까? 같이 아귀가 되어 높은 아귀무리에 들어 부귀영화를 탐해야 하는 것일까? 아니면 낮은 아귀가 되어 지배받으며 고통받으며 살아야 하는 것일까?

아자디의 맑은 눈에서 눈물 한 방울이 떨어져 내렸다.

아자디는 곧 하늘에 기도했다.

"하느님, 일이 생각보다 힘듭니다. 작은 보수로 매일 같은 중노동을 합니다. 물론 대의가 마음에 있지만, 저는 힘이 아주 미력한 작은 사람입니다.

또한 이 사람들도 정권을 얻기 위해 싸우는 거지 대의를 위해 싸우고 있는 것 같지는 않습니다.

위에서는 일을 시키고 저는 기계 같은 동작만을 반복합니다. 제가 원했던 것은 이런 게 아닌데…. 저의 실력과 능력을 쏟고 사람들과 협력하며 함께 꿈꿔가는 세상이었는데…. 이 세상 사람들은 그렇게 생각하지 않는 것 같습니다.

낮은 직급에서는 제 생각을 말하기도 어렵고 위에서 시키는 것만을 해야 합니다. 답답하고 죽고 싶습니다.

하느님, 저는 어떻게 해야 좋을까요…. 앞이 보이지 않습니다. 전쟁터에서 칼에 맞아 죽어야 할까요…. 그래서 시신이라도 예우받아야 할까요?

하느님 이 젊은 영혼에게 길을 인도해 주소서. 저는 부귀영화를 탐하지 않습니다. 부조리를 개혁하고 제가 사는 이 세상이 보다 나은 세상, 보다 아름다운 세상이 되기를 바랄 뿐입니다.

그러나 하느님, 만약 제가 원하는 것이 이루어지면 저는 기뻐할까요?"

아자디는 다시 보급품을 옮기러 막사로 향했다.

그 시각 타지마할 궁전.

화려한 보석들이 가난한 아자디와 대조를 이루었다. 궁전은 각종 호화용품으로 뒤덮여 있었다.

황제를 시중드는 사람들이 가득했고 각종 먹을 것 입을 것이 넘쳐 흘렀다.

무굴제국의 황제는 자신의 궁전에서 코란을 펴놓고 예배를 드리고 있었다. 검은 책 앞에서 광란의 기도를 드린 황제는 사악한 눈빛이 되었다.

그때 한 음성이 황제에게 들린다.

"네가 하는 일을 잘 하고 있다. 계속 하여라. 모든 세계가 알라만을 숭배하게 하여라. 너는 그의 종이니 그의 말을 들어라."

황제는 엎드렸다.

"가브리엘이여, 제게 말씀하소서. 주의 종은 단지 들을 뿐이나이다."

가브리엘이 말했다.

"이제 이교도들에게 시간을 충분히 주었다. 그들에게 종교를 바꿀 기회를 주었건만 그들은 그 살 수 있는 기회를 차버렸다.

이제 이슬람으로 개종하지 않는 이들을 모두 죽여라. 지엄하신 알라의 명령이다."

황제는 말했다.

"명을 받듭니다. 알라 후 아크바르."

곧 무굴제국에는 황제의 명령이 내려졌다. 사람들은 모두 이슬람으로 개종해야 했다. 그리고 거부하면 죽임을 당했다.

많은 인도인이 이슬람으로 개종했다. 그렇지만 스스로 신앙을 지키다가 죽는 사람도 많았다.

그렇다고 힌두의 사람들은 손을 놓고 있지 않았다. 마라타 동맹을 중심으로 무굴제국에 대항하는 군사적 움직임이 있었다.

아자디는 부대원들과 이슬람 병사들과 싸웠다.

한 마을, 이슬람 병사들이 모여 있었다.

한 병사가 소리쳤다.

"여기 코란에 입 맞추고 알라만을 믿는다고 맹세하여라. 거부하면 모두 죽이겠다."

대여섯 명의 인도인이 코란에 입을 맞추었다.

그런데 한 노인은 꿈쩍도 하지 않았다.

그 노인은 소리쳤다.

"이놈들! 어디서 행패냐. 죽이려면 어서 죽이지 어찌 인간의 소중한 종교를 가지고 농락하느냐!"

그러자 이슬람 병사가 말했다.

"저 인간이 황제의 명령을 거부했으니 죽여라."

노인은 목을 길게 늘어뜨려 칼을 받으려 했다.

그때 노인의 품에는 한 책이 있었다.

이슬람 병사는 그 책을 보고 의아해서 손에 잡는다.

리그베다라는 책이었다.

인도의 원시종교 경전이었다.

이슬람 병사가 말했다.

"이 쓰레기를 불에 태워라."

그러자 그 노인이 대노했다.

그러자 이슬람 병사는 칼을 뽑아 노인의 목을 친다.

노인은 시뻘건 피와 함께 죽어갔다.

죽어가는 노인의 눈에는 한 찬란한 빛이 나타났다.

노인은 리그베다의 구절을 기억해냈다.

"사비타 여신께서 오십니다. 부드러운 여신께서 멀리서 와서 우리의 슬픔을 가져가십니다."

노인은 너무나 행복한 표정으로 임종했다.

아자디 부대가 도착했으나 한발 늦은 뒤였다.

아자디는 칼을 뽑아 이슬람 병사들에게 달려들었다.

여러 이슬람 병사들을 베었다.

한 이슬람 병사가 마지막으로 살아남았다.

아자디가 칼을 겨누고 물었다.

"하나만 묻자. 왜 이슬람을 인도인들에게 강요하는 것이냐?"

그러자 이슬람 병사가 말했다.

"황제의 명령을 따를 뿐이다. 어서 베어라."

그러자 아자디는 왠지 모르게 그 이슬람 병사를 아끼는 마음이 들었다.

죽음도 두려워하지 않는 남자의 기상을 본 것이다.

아자디가 부대원들에게 말했다.

"여러분, 이 남자는 사악한 사람이 아닌 것 같습니다. 황제의 명령을 따랐을 뿐이라고 하니 살려줍시다."

그러자 부대원들은 모두 완고한 표정을 지었다.

"안 돼, 아자디. 저놈이 살아가면 또 인도인들을 학살할 거야."

아자디가 뭐라고 말하던 찰나, 그 이슬람 병사가 껄껄 웃으며 말했다.

"이보게 형제여, 나 때문에 부대원들과 불화하지 마시게나."

그 말이 끝나자마자 이슬람 병사는 칼로 자신의 배를 찔렀다.

무굴제국 황제의 명령으로 인도 전역에서 신앙의 투쟁이 계속되고 있었다. 수많은 인도인이 개종하거나 죽어가고 있었다.

그 시각 인도의 한 힌두의 사원.

늙은 12명의 사제들이 모여 있었다. 이 사원은 비밀의 사원이었다. 그리고 인도에서 가장 오래된 사원 중 하나였다.

깊은 오지에 있어서 황제의 군대도 이곳을 찾지 못할 것이리라.

12명의 늙은 사제들은 침통한 표정이었다.

그들은 한 방에 모여 있었는데, 오래된 서적들이 가득했다.

한 늙은 사제가 말을 이었다.

"참담합니다. 많은 힌두를 믿는 인도인들이 죽고 있습니다."

그러자 대장로가 말했다.

"우리가 할 수 있는 마지막 수단을 써 봅시다. 리그베다의 위대한 영웅 인드라에게 호소하는 수밖에 없습니다.

이 일은 우리처럼 늙고 미약한 인간의 힘으로 할 수 있는 일이 아닙니다. 우리는 우리의 영역에서 예배에 최선을 다할 수밖에 없습니다."

12명의 대장로들은 산꼭대기 위에 올라갔다. 그리고 작은 칼을 꺼내 왼편의 손목을 그었다. 그리고 한 접시에 핏물이 천천히 흐르게 했다.

그리고 리그베다의 성서를 펼쳤다.

12명의 대장로들은 리그베다의 구절을 암송했다.

"너희는 인드라에게 가라. 그리고 그에게 의뢰하라. 그는 너의 어떤 친구보다 나을 것이다."

그리고 12명의 대장로들은 엎드린 채 왼손의 핏물을 계속 대야에 담고 아무 말 없이 엎드려 있었다.

그렇게 시간이 지나고, 핏물은 천천히 대야 속으로 떨어져갔다. 이제 12명의 대장로들이 살 수 있는 시간은 1시간도 채 안 되었다.

그때였다. 하늘에서 번개가 치기 시작했다.

번쩍 하는 소리와 함께 늙은 대장로들의 노쇠한 얼굴에 번개가 비쳤다. 그리고 곧이어 천둥소리가 들리기 시작했다.

그리고 하늘에는 수백 개의 번개가 치기 시작했다. 하늘 자체가 천둥으로 뒤덮였다.

12명의 장로들의 눈에서는 모두 눈물이 흐르고 있었다. 그들은 그때야 지혈을 시작했다.

위대한 신성 인드라가 직접 그들의 기도를 들은 것이다.

그리고 하계의 인간들을 보호하기 위해 직접 내려온 것이다.

한편 알라의 6대천사도 알라의 명령을 수행하고 있었다.

가브리엘을 위시한 알라의 천사들은 이슬람 병사

들을 진두지휘하고 있었다.

그러던 그들의 눈에도 지구 상공에 나타난 수천의 번개를 확인할 수 있었다.

피의 살육이 계속되고 사악한 미소를 지으며 바라보던 무굴제국 황제를 다스렸던 가브리엘도 하늘에 번개가 뒤덮이며 천둥이 치는 것을 보았다.

가브리엘은 깜짝 놀랐다.

가브리엘은 포효했다.

"인드라!!!!!!!!!!"

가브리엘은 급히 어디론가 날아간다.

한 검은 혹성. 피와 구토물로 뒤덮인 한 장소가 있었다.

어둠이 그윽했고 빛은 거의 없었다.

바닥에는 살해당한 인간과 동물들의 사체가 나뒹굴고 있었다.

가브리엘은 빠르게 어디론가 날아갔다.

그윽하고 퀴퀴한 연기 속에 한 철창이 보였다.

가브리엘은 음산한 목소리로 말했다.

"666, 잘 있었는가?"

그러나 철창 속에서는 아무 말도 들리지 않았다.

가브리엘은 말했다.

"반역자인 네놈에게 할 일이 생겼다."

그리고 가브리엘은 주문을 외웠다.

사악한 언어들이 철창 안으로 흘러 들어갔다.

그러자 비명이 들리기 시작했다.

"죽여라. 모두 죽여라."

가브리엘은 666으로 불리는 한 괴물을 조종하기 시작했다.

가브리엘은 주문으로 철창을 풀었다.

그러자 한 괴물이 튀어나왔다. 아래턱이 나와 있

었고 코가 비뚤어진 괴물이었다.

그는 증오의 눈빛으로 서 있었다.

가브리엘이 말했다.

"너는 지구로 가서 인드라를 죽여라."

666은 소리 없이 사라졌다.

한편 지구에서는 이슬람 병사들이 인도인들을 학
살하고 있었다. 그러나 날이 어두워지며 번개가 치
기 시작하고 비바람이 몰아쳤다.

이슬람 병사들은 무언가 엄청난 불길한 느낌에 휩
싸였다.

그들은 살육을 하다가 멍하니 하늘을 바라보았다.

수천 개의 번개가 치고 있었다. 그리고 그 번개는 점점 그들에게 가까이 다가왔다.

번개가 지상에 치기 시작했다.

인도인들을 학살하던 이슬람 병사들의 머리에도 하나씩 치기 시작했다.

수많은 이슬람 병사들이 쓰러졌다.

위대한 리그베다의 신성 인드라의 진노가 시작된 것이다.

이슬람 병사들은 모두 엎드려서 벌벌 떨었다.

그들은 계속 기도했다.

"위대한 신이여 진노를 멈춰 주소서. 위대한 신이

여 진노를 멈춰 주소서."

하지만 많은 인도인을 잃은 인드라의 진노는 쉬지 않았다.

순식간에 인도 내에 있는 수만의 이슬람 병사가 죽었다. 신의 진노 앞에서 무지한 인간의 만행은 심판받고 있었다.

그 시간 12명의 대장로들은 찬양을 시작했다.

"위대한 신성 인드라여 오소서. 이곳에 와서 압제받는 불쌍한 인도인을 구해 주소서. 약자들을 억압에서 해방시키시며, 저희에게 정의를 내려 주소서.

위대한 인드라께 12장로가 경배하며 찬송하나니, 정복될 수 없는 무적의 군신이시여 찬송 받으소서."

한편 666이라고 불리는 괴물은, 번개 사이를 헤치며, 번개의 중심부로 향하고 있었다. 강렬한 증오의 눈빛을 한 괴물은 번개 앞에서 주문을 외웠다.

그러자 각종 더럽고 추한 정신들이 번개를 공격하기 시작했다.

그렇지만 번개는 계속 치고 있었고 막을 수 없었다.

666은 계속 증오의 눈빛으로 공격하고 있었다.

그때 666은 검은 옷을 입은 한 남자가 자신의 뒤에 서 있는 것을 느낀다.

666이 날카롭게 말한다.

"누구냐?"

검은 옷을 입은 남자가 말했다.

"당신은 저 번개를 이길 수 없다. 그만 물러나라."

666은 증오의 눈빛을 보이며 검은 옷을 입은 남자를 공격했다.

각종 더러운 것들이 검은 옷을 입은 남자에게 쏟아졌다.

검은 옷을 입은 남자는 미야모토였다.

그는 하늘을 보고 있다가 666에게 나타난 것이다.

미야모토는 검을 뽑았다.

신풍이 시전되었다.

부드러운 대기가 666을 감쌌다.

666은 계속 공격했지만 벗어날 수 없었다.

미야모토는 주문을 외웠다.

"자유로운 바람이여."

그러자 한 시원한 바람이 666에게 불었다.

666에게 내려졌던 저주들이 풀리고 있었다.

그 시원한 바람은, 666을 씻어주고 있었다.

그렇게 한 시간여 후, 666의 모습은 점점 변해갔다.

추악한 괴물의 얼굴에서 아름다운 얼굴로.

비대칭적인 형상에서 아름다운 형상으로,

그리고 더러운 정신은 아름다운 빛으로 변하고 있었다.

미야모토는 666을 보고 무언가 끔찍한 주문에 봉쇄된 존재라는 것을 직감했다. 그리고 666을 돕기 위해 나타난 것이다.

666의 모습은 마치 천사와 같았다.

666은 말했다.

"나는 검은 혹성의 사제였어. 그러나 검은 혹성은 알라가 지배하고 있었지. 나는 그분께 충성을 다했어. 모든 것을 바쳐서 그분만을 따랐지.

그러나 어느 날 그분의 악을 보았어. 그분은 우리

를 속였고, 우리는 그 사술에 매여 노예같이 경배하고 있었지.

나는 알라를 대적했어.

그렇지만 검은 혹성의 사람들은 내 말을 믿어주지 않고 나를 공격했고, 나는 감금되었지.

나는 알라의 끔찍한 저주를 받아 감금 생활을 하고 있었어.

내 의지와 상관없이 괴물의 모습이 되어 고통받고 있었어.

고마워. 나를 구해줘서."

미야모토는 분노를 느꼈다. 알라라는 존재와 검은 혹성의 주민들에 대해서.

그때 하늘에서 한 빛이 내려왔다. 그리고 666의 몸을 감싸더니 빛은 666을 데리고 어디론가 사라졌다.

미야모토는 합장을 한 채 묵념했다.

666이 떠나고 미야모토는 묵념을 끝냈다.

미야모토는 알라란 존재를 묵상했다.

엄청나게 사악하고 강력한 무언가가 미야모토의 의식에 나타났다.

미야모토는 이 존재가 우주를 어둠으로 물들게 하고 있다는 것을 직감했다.

또한 반드시 제거해야 할 존재라는 것도 직감했다.

그때 미야모토 앞에 한 날개 달린 존재가 나타났다.

사악한 미소를 띤 가브리엘이었다.

가브리엘이 오만하게 말했다.

"인간 주제에 감히 신들의 일에 끼어들다니, 네놈에게 저주를 내리겠다."

가브리엘이 한 책을 들고 주문을 외우자, 각종 사악한 압제가 미야모토에게 쏟아졌다.

미야모토는 검을 뽑아 신풍을 시전했다.

사악한 언어들이 미야모토를 뚫고 들어오려고 하고 있었고, 미야모토의 신풍은 미야모토를 감싸고 있었다.

그렇게 양쪽 신력의 대결이 이어지고 있었다.

미야모토는 오륜의 만트라를 시전했다.

"자유로운 바람이여."

그러자 검신의 검에서 한 차갑고 서늘한 바람이 가브리엘에게 몰아쳤다.

가브리엘의 오만한 얼굴은 일그러졌다.

그리고 급히 몸을 돌려 어디론가 날아갔다.

미야모토는 신형을 날려서 가브리엘을 계속 쫓았다.

지구를 벗어나고, 우주 깊숙한 곳으로 가브리엘은 도망치고 있었다.

가브리엘은 무척 빠르게 어디론가 날아들었다.

태양도 점점 멀어지고, 어둠이 가득한 곳으로 가브리엘은 향하고 있었다.

추격전은 계속되었다. 미야모토는 가브리엘이란 사악한 존재를 제거해야 한다고 생각했다.

우주의 깊숙한 곳.

한 엄청난 에너지를 내는 검은 천체가 보였다. 검은 구멍이라고 불리는 곳이었다.

주변에는 행성 하나 없었고, 엄청난 검은 에너지가 흐르고 있었다.

가브리엘은 그곳으로 도망쳤다.

미야모토는 검은 구멍 앞에서 잠시 멈칫했다.

그러나 지체없이 신형을 날렸다.

검은 구멍 안에 수많은 미로 같은 길이 나타났다. 가브리엘은 그중 한 길을 찾아서 계속 빠르게 날아들었다.

가브리엘은 뒤를 한번 쳐다보았다. 미야모토가 뒤쫓고 있는 것을 본 가브리엘은 사악한 미소를 지었다.

그리고 다시 앞으로 날아갔다.

주변이 조용해지고, 점점 검은 불빛은 시뻘건 불빛으로 바뀌고 있었다.

그리고 가브리엘은 몸을 뒤로 돌렸다.

가브리엘이 사악하게 말했다.

"이곳은 사악한 에너지가 존재하는 나만의 휴식처다.

지구에서 네놈이 우위였지만 이곳에서는 그렇지 못할 것이다."

가브리엘은 한 봉을 들었다. 유대인 사제들이 쓰는 지팡이 같기도 했다.

시뻘건 피로 얼룩진 그 봉을 들고 가브리엘은 주문을 외웠다.

미야모토는 피 냄새를 느꼈다. 진한 피와 같은 것들이 미야모토에게 달라붙었다.

그때 가브리엘의 사악한 얼굴이 미야모토에게 보

였다.

그리고 미야모토 주위는 각종 피의 냄새로 넘쳐나고 있었다.

가브리엘이 사악하게 말했다.

"이제 네놈을 가두었다. 천천히 즐기다 죽여주마."

미야모토는 신풍을 시전하려 했다.

그렇지만 검신의 검은 조용히 있었고 미야모토의 모든 신력은 사라진 뒤였다.

미야모토는 평범한 한 인간이 되어 있었다.

미야모토는 서늘한 느낌이 들었다.

가브리엘은 사악하게 웃었다.

"이제 네놈은 끝났다. 감히 인간 따위가 신을 대적하다니, 네놈의 종말을 온 우주에 알려주마."

미야모토는 검신의 검을 쥔 채로 가브리엘을 공격하려 했으나, 한낱 쇳덩이로 전락한 검신의 검은 그저 평범한 한 검에 불과했다.

가브리엘의 상대가 될 수 없었다.

그때 한 찬란한 빛이 그 피의 공간에 다가왔다.

그리고 피의 봉쇄를 풀기 시작했다.

미야모토는 눈을 들어 보았다.

자신이 구원한 666이었다.

666은 미야모토를 돕기 위해 나타난 것이다.

찬란한 천사의 빛은 피의 냄새를 몰아내기 시작했다.

그리고 찬란한 빛은 피를 모두 지워냈다.

미야모토는 검신의 힘이 돌아온 것을 느꼈다.

미야모토는 오륜을 시전했다.

"성스러운 화염의 장."

그러자 검신의 검에서 불꽃이 나와 가브리엘을 뒤덮었다.

가브리엘의 온몸이 불타고 있었다.

성스러운 화염은 가브리엘의 영혼을 모두 태워버렸다.

"모든 악(惡)을 무(無)로."

미야모토는 담담히 되뇌었다.

악마 가브리엘은 그렇게 소멸했다.

미야모토는 666을 찾았다. 그러나 666은 보이지 않았다.

한 맑은 음성이 미야모토에게 전해졌다.

"미야모토, 안녕. 또 만나."

한 백의의 남자가 신전을 걷고 있었다. 핏기 하나 없는 창백함으로 가득한 남자.

그 남자의 등에는 날개가 달려 있었다.

그 남자는 신전의 상층부로 천천히 걸어 올라갔다.

십자가가 보였다.

그 창백한 남자는 십자가의 길을 지났다.

한 미소년이 앉아있었다.

백의의 남자가 말했다.

"미카엘. 가브리엘이 소멸했다. 그것도 인간에게."

미카엘은 아무 말이 없었다.

창백한 남자는 말을 이었다.

"참담하다. 알라의 6대천사가 인간에게 당할 줄이야…."

미카엘이라고 불리는 미소년은 말했다.

"그는 약했기에 사라진 것. 사라진 존재에게 미련 없다.

어쨌든 알라의 일을 방해하는 존재는 모두 없애야 한다.

어떻게 할 생각인가, 라파엘."

창백한 남자가 말했다.

"내가 직접 가겠다. 가브리엘의 복수를 하고 지구

를 알라의 검은 깃발로 뒤덮겠다.”

미카엘이 말했다.

“그래. 너는 가브리엘보다 강하니 충분히 할 수 있
을 거다.”

라파엘은 말없이 등을 돌려 걸어 나갔다.

라파엘은 질병을 다루는 천사(악마)였다. 그의 저
주는 끔찍해서 그에게 저주를 당한 사람은 끔찍한
질병으로 죽어가야 했다.

라파엘은 냉정했고 무수히 많은 존재가 그의 손에
죽어갔다.

라파엘은 자신의 신전에서 기도를 드린다.

"유일신 알라여, 당신을 대적하는 인간들을 멸절하겠다고 저는 맹세했습니다.

지금 당신께 모든 충성을 바칠 기회입니다."

그리고 라파엘은 한 구슬을 꺼냈다.

구슬에 라파엘이 손을 대자, 미야모토의 형상이 잡혔다.

라파엘은 요상한 주문을 외우기 시작했다.

미야모토는 일본에서 붓다의 경전을 찾기 위해 헤매고 있었다.

그러나 몸이 무겁고 머리가 아파 왔다.

라파엘의 저주에 걸린 것이다.

끔찍한 질병의 저주에.

미야모토의 몸에 세포가 변하기 시작했다. 정상적인 세포들이 갑자기 이상 반응을 보였다.

그리고 무수히 변종세포로 증식하기 시작했다. 또한 미야모토의 뇌에는 바이러스들이 퍼져나가기 시작했다.

무수한 속도로 분열하는 세포와 바이러스가 미야모토의 온몸을 공격하기 시작했다.

무공이 뛰어난 미야모토였으나, 몸의 질병은 인간이 어쩌지 못할 것이었다.

아무리 강한 인간이라도 질병 앞에서는 속수무책일 수밖에 없었다.

미야모토는 산속에서 몸을 요양하려 했다.

하지만 내상은 검으로 해결할 수 있는 것이 아니었다.

천하무적 검신의 검도 질병 앞에서는 속수무책이었다.

미야모토의 얼굴은 시커멓게 변했다.

곧 죽음을 앞둔 것이다.

그의 온몸에는 각종 바이러스 암세포가 증식하고 있었다.

미야모토는 의식을 잃어버렸다.

그때 미야모토 옆에 한 천사가 다가왔다.

미야모토가 구원해준 666이었다.

666은 미야모토를 보고 기도를 시작했다.

"전능하신 창조주여, 이 남자는 일전에 저를 구해주었나이다.

제가 은혜를 갚기 위해 다시 왔나이다.

부디 저의 치유의 신성에 힘을 주사 이 질병을 치유케 하소서."

666은 기도를 끝내고 손을 들었다.

한 하얀빛이 빛났다.

그리고 미야모토의 몸에 손을 대었다.

하얀빛은 미야모토의 몸속으로 흘러 들어갔다.

끔찍한 라파엘의 저주로 감염된 미야모토의 몸에
하얀빛이 들어갔다.

라파엘의 저주와 666의 하얀 빛은 미야모토의 몸
속에서 충돌했다.

666은 혼신의 힘을 다해서 미야모토를 도왔다.

한편 라파엘은 구슬로 666이 나타나서 미야모토를
치유하는 것을 보았다.

라파엘은 냉정하게 책을 펴들었다.

그리고 악마의 주문을 외웠다.

그러나 악마의 힘이 미야모토에게 들어가며, 암세

포와 바이러스 증식의 힘이 더 강해지기 시작했다.

666의 하얀빛으로는 겨우 미야모토의 목숨을 유지하는 정도밖에는 안 되었다.

절체절명의 순간이었다.

666은 미야모토의 목숨만이라도 살리고자 최선을 다했다.

하지만 라파엘의 악마의 질병은 666의 치유의 힘보다 강했다.

666은 최선을 다하고 있었다.

미야모토의 몸은 악마의 질병에 죽어가고 있었다.

라파엘은 냉정히 말했다.

"끝났다. 알라에게 대적한 인간은 결코 살아남을 수 없다."

미야모토는 죽었다.

라파엘은 책을 덮고 뒤를 돌아 미카엘을 만나러 가려 했다.

그때 구슬에 찬란한 빛이 보였다.

라파엘은 놀라서 다시 구슬을 보았다.

한 신성한 문장(OM)이 나타나며, 찬란한 빛이 미야모토를 덮고 있었다.

666이 혼신의 힘을 다해서 미야모토를 도운 것이다.

라파엘의 악마의 질병과 주문이 패퇴되어 갔다.

라파엘은 이를 악물었다.

666의 손에서 신성한 빛이 나타나기 시작했다.

그리고 미야모토에게 생기가 들어가며 다시 미야모토가 깨어났다.

천사의 순수한 빛은 미야모토 안의 질병을 모두 소멸시키고 있었다.

미야모토는 정신을 차리고 앉았다.

한 아름다운 천사가 보고 있는 것을 느꼈다.

미야모토가 포권했다.

"감사하오."

천사는 빙긋 웃고는 사라졌다.

"꼭 알라를 쓰러트리세요. 천계에서 응원할게요."

라파엘은 자신의 질병의 저주가 모두 파쇄 당한
것을 알았다.

라파엘은 극심한 충격으로 쓰러졌다.

그때 라파엘 앞에 한 신성이 보였다.

흐릿흐릿하기는 했지만 그 신성 앞에는 번개가 가
득 치고 있었다.

라파엘은 눈을 크게 뜨고 살폈다.

그 신성은 손을 들었다.

번개가 쏟아지고 라파엘의 몸은 불타기 시작했다.

라파엘을 제거한 신성은 리그베다의 영웅 인드라였다.

미야모토는 자신을 공격한 악마를 찾았다. 그는 심각한 화염에 타고 있었다.

미야모토는 묵념했다.

"한 생명이 사라지고, 한 생명이 생명을 얻는도다."

그 시각 한 이란의 마을, 한 젊은 부부가 아들을 낳고 있었다.

아버지는 온화한 표정으로 아이를 놓고 기도를 드렸다.

"하느님, 이 아이가 커서 많은 사람을 고치는 의사가 되게 해 주십시오."

라파엘은 질병에 대한 이해가 뛰어났으나 그 재능을 나쁘게 사용했다. 그는 다시 환생한 것이다.

그렇게 라파엘 사건은 끝났다.

한편 아자디는 지구에서 인도의 종교의 자유를 위해 계속 전쟁을 수행하고 있었다.

그러던 어느 날 한 신성이 아자디에게 찾아온다.

아자디는 무릎을 꿇고 맞이했다.

그 신성은 말했다.

"저는 관세음보살이라고 합니다. 당신의 영웅적 행위를 잘 지켜보고 있었습니다. 제가 선물 하나를 드리겠습니다.

이번 전쟁을 승리로 이끌 무기입니다.

천수관음도라고 합니다."

그리고 푸른 빛이 나는 칼을 아자디에게 주었다.

아자디는 칼에 입을 맞추고 감사 기도를 드린다.

아자디는 부쩍 성장해 있었다.

무공은 물론 신체적 정신적으로도 훨씬 성숙해져 있었다.

전쟁이 시작되고 아자디는 겁 없이 돌격해 간다.

아자디는 천수관음도로 순식간에 다섯 명의 이슬람 병사를 베었다.

신앙의 자유를 지키기 위한 아자디의 정신은 빛났다.

아자디는 생각했다.

'반드시, 반드시, 우리 인간의 신앙의 자유를 얻어내고 말겠다.'

순식간에 이슬람 병사들의 시신이 나뒹굴고 전장의 이목은 아자디에게 쏠렸다.

여러 이슬람 병사들이 공격했으나 아자디는 신기와 같이 모두 그들을 제거해 낸다.

그렇게 그날의 전투는 대승을 올렸다.

마라타 동맹의 리더는 아자디를 주목했고 아자디는 뛰어난 무공을 인정받아 마라타 동맹의 선봉에 선다.

한편 전쟁은 점점 힌두 쪽으로 기울고 있었다.

아자디의 뛰어난 무공과 신앙의 자유를 지키겠다는 인도인의 정신은 함께 빛나서 연전연승을 거두고 있었다.

위기가 심각해지자 타지마할은 비상이 걸렸다.

무굴제국의 황제는 타지마할에서 코란을 펼치고 기도를 드린다.

"지존하신 알라시여, 이교도들이 반항을 하고 있

고, 거섭니다.

오늘 저희 군대가 패했나이다.

만군의 여호와시여, 부디 이슬람을 도와주시옵소서."

그러자 밝은 빛이 비치며 미소년이 나타났다.

미카엘이었다.

미카엘이 냉정하게 말했다.

"이제부터 내가 이슬람 군대를 지휘하겠다. 힌두놈들은 단 하나도 살려두지 않겠다."

무굴제국 황제는 엎드려서 절을 했다.

"감사합니다. 감사합니다."

미카엘은 군대를 12부대로 나누었다. 그리고 힌두
의 거점들을 공격하기 시작했다.

마치 개미 떼처럼 달려드는 이슬람 군대에 마라타
의 힌두 군대는 밀리기 시작했다.

아자디는 천수관음도를 들고 선봉에 섰다.

앞에는 수백의 이슬람 군대가 달려들고 있었다.

아자디는 두려워하지 않고 부딪혔다.

이슬람 군대의 시신이 쌓여갔다.

아자디는 계속 크게 소리쳤다.

"인간의 신앙의 자유는 소중하다. 정의는 우리 편에 있다. 다들 용기 있게 이슬람과 싸워라!"

그러자 힌두 병사들은 용기를 내서 이슬람과 격돌했다.

또 수백의 이슬람 병사들이 아자디의 손에 쓰러졌다.

악마 미카엘은 전쟁상황을 보다가 아자디를 주목한다.

아자디의 무용을 본 미카엘은 사악한 미소를 띤다.

그리고 오른손을 든다.

흰빛이 아자디를 비추자 아자디는 순간적으로 눈

이 멀었다.

그러자 이슬람 병사들이 아자디를 도륙하려 했다.

그때 한 바람이 불었다.

신풍이었다.

미야모토가 참전한 것이다.

미야모토는 아자디를 향해 달려드는 이슬람 병사들을 모두 베었다.

그리고 아자디를 껴안았다.

다행히 아자디의 목숨은 붙어 있었다.

미카엘은 또 사악하게 웃고는 미야모토를 향해 오

른손을 뻗었다.

엄청난 빛이 미야모토를 향해 날아들었다.

미야모토 역시도 눈을 제대로 뜰 수조차 없었다.

그만큼 미카엘은 강력했다.

알라의 6대천사 중에서도 가장 강력한 미카엘이었
다.

아자디는 혼수상태로 기도를 시작했다.

"위대한 신성 인드라여,

저는 최선을 다해 싸웠습니다.

그러나 적의 신이 나타나 저를 공격했고, 인간의

힘으로 어쩔 수가 없습니다.

저의 동료 일본의 무신 미야모토마저도 상대가 되지 않을 정도입니다.

인드라여, 부디 현현하소서.

부디 나타나서 저희 인도인들에게 정의를 주소서.

많은 힌두인이 이슬람으로 개종해야 했으며,

인두세를 내면서 신앙을 가져야 했습니다.

위대한 군신 인드라여,

저희 인간들은 신앙의 자유가 있다고 믿사옵니다.

부디 저의 기도를 들으시고 이 작은 바라타에 정

의를 내려 주소서."

아자디는 정신을 잃으며 하늘에서 번개가 떨어지는 것을 보았다.

12대장로들이 기도했을 때처럼 하늘에서 다시 번개가 치기 시작했다.

이슬람 군대는 동요하기 시작했다.

누군가가 말했다.

"이것은 신의 진노다."

하늘 전체가 번개로 덮이고 엄청난 천둥소리가 군대를 뒤덮었다.

미카엘은 사악한 얼굴로 번개를 쳐다보고 있었다.

그리고 오른손을 들어 번개 중앙에 뻗었다.

다시금 엄청난 빛이 번개 사이로 들어갔다.

그러나 이번에는 아무 소식이 없었다.

그리고 몇 초 후 미카엘은 자신의 머리에 엄청난
벼락이 떨어지는 것을 느꼈다.

엄청난 충격과 함께 미카엘은 피를 토했다.

무적의 군신 인드라의 진노가 내린 것이다.

미카엘이 이를 갈았다.

"감히… 개자식… 나를 공격하다니….

미카엘은 주문을 외웠다.

그러자 검은 인간들이 미카엘 주변으로 모이기 시작했다.

이들은 인간 같기도 했는데 엄밀히 말하면 인간이 아니었다.

검은 복장을 하고 있었고 그림자같이 생긴 사람들이었다.

이들이 미카엘 주변으로 하나둘씩 모이기 시작했다.

그 수는 엄청나서 수백만에 달하는 듯했다.

하늘 전체가 검은 그림자들로 채워졌다.

문자 그대로 악마의 군대였다.

미카엘이 소리쳤다.

"지존하신 알라의 이름으로 명한다. 저 번개의 인드라를 섬멸하라!"

그러자 검은 그림자들이 구름 속으로 달려들었다.

셀 수 없는 그림자들이 하늘로 쏟아졌다.

그때 번개가 잠잠해지는가 싶더니 엄청난 기세로 몰아쳤다.

그리고 한 빛나는 신성이 나타났다.

힌두의 신성 인드라였다.

인드라의 오른손에는 썬더볼트가 들려있었다.

인드라가 썬더볼트를 하늘로 들자, 엄청난 수의 번개가 그림자 군대에 떨어졌다.

그림자들은 하나하나씩 번개를 맞고 떨어져 나갔다.

한 시간도 안 되어 악마의 군대는 모두 섬멸했다.

미카엘은 이를 부득부득 갈면서 소리쳤다.

"네놈이 알라를 이길 수 있을 것 같으냐? 두고 보자, 이 개자식아."

미카엘은 날개를 들어 어디론가 날아갔다.

날아가는 미카엘의 머리에 연속적으로 번개가 떨어졌다.

대여섯의 번개를 맞은 미카엘은 피를 토하며 어디론가 날아갔다.

아자디는 눈을 떴다. 그리고 하늘에서 일어난 일들을 보았다.

그리고 아자디는 진심으로 군신 인드라에게 감사 기도를 드렸다.

"미약한 인간의 기도를 들으시는 주 인드라여. 아자디가 감사 기도를 드립니다."

미야모토 역시도 합장했다.

힌두의 병사들은 자신들의 신이 이긴 것을 알았다.

아자디는 기운을 내서 천수관음도를 들고 돌격해

갔다.

이슬람 병사들은 마치 무너진 둑처럼 허물어져 갔
다.

무굴제국의 군대는 모두 패퇴하고 이제 마라타의
군대는 타지마할을 포위했다.

아자디는 천수관음도를 들고 무굴 황제를 찾아갔
다.

근위병들이 막았으나, 아자디가 손을 흔들자 모두
쓰러졌다.

무굴제국 황제는 코란을 펴놓고 예배를 드리고 있
었다.

아자디가 천수관음도를 겨누고 말했다.

"황제여, 이제 끝이 왔소이다."

무굴제국 황제는 시뻘건 눈으로 아자디를 보았다.

"나는 죽어도 네놈들을 용서 안 할 것이다. 지엄하신 알라께서 네놈들을 모두 죽일 것이다."

아자디가 말했다.

"황제여 정신 차리십시오. 그전에 하나만 묻겠습니다. 왜 알라만을 강요하는 것입니까?"

그러자 무굴제국 황제가 말했다.

"알라 외의 신은 모두 거짓이다. 오직 알라만이 유일신이란 말이다!!"

아자디가 말했다.

"황제여, 다음 생에서는 다른 사람의 신념도 존중해 주십시오. 그리고 우리 모두 같은 인간이라는 점도 기억해 주십시오.

내 것이 소중하면, 남의 것도 소중하다는 것을,

내 가치관을 남에게 폭력으로 강요해서는 안 된다는 것도 배워 주십시오."

무굴제국 황제가 소리쳤다.

"알라 후 아크바르(알라는 위대하시도다)."

아자디는 천수관음도를 들었다. 무굴제국 황제의 영혼은 그렇게 떠났다.

한편 미야모토 무사시는 알라를 찾고 있었다.

미야모토는 직감적으로 우주를 검은 그림자로 물들이는 알라의 존재를 포착해냈다.

그리고 알라를 제거해야만 우주가 안전하다는 것도 알았다.

미야모토는 알라의 검은 혹성의 위치를 추적했다.

지구 멀리 블랙홀, 모든 것을 빨아들이는 블랙홀 옆에 알라의 검은 혹성이 위치해 있었다.

미야모토는 신풍을 타고 그곳으로 향한다.

미야모토는 검은 혹성에 도착했다.

각종 영혼이 엎드려서 알라를 경배하고 있었다.

그중에는 눈물을 흘리는 자들도 있었고 자해를 하

는 자들도 있었다.

미야모토가 그들을 보며 생각했다.

"이들은 제정신이 아니다…."

그들은 오직 알라를 위해서만 존재했다. 알라를 찬양하고 예배하고, 알라의 명령만을 듣는 로봇이었다.

미야모토가 혀를 끌끌 찼다.

"신께서 영혼을 창조해 내신 것은 스스로의 자유 의지로 살아가라는 것이지, 신만을 바라보라는 것은 분명 아니다.

그러나 이들은 주객이 전도되어 있다…."

미야모토는 신풍을 들고 혹성 높은 곳으로 향했다.

한 붉게 타오르는 궁전이 보였다.

엄청난 불꽃으로 계속 타고 있는 시뻘건 궁전이 미야모토 앞을 막고 있었다.

한 검은 다리가 기다렸다는 듯 미야모토 앞에 내려왔다.

미야모토는 주저 없이 그 다리를 타고 위로 올라갔다.

한 악마가 앉아 있었다.

그리고 검은 날개가 달려 있었다.

악마의 얼굴은 너무나 매혹적이었다.

사람들이 루시퍼라고 부르는 알라의 악마였다.

루시퍼는 타오르는 붉은 눈으로 미야모토를 위에서 보고 있었다.

미야모토는 신풍을 꺼냈다.

미야모토는 눈앞의 악마에게 물었다.

"알라는 어디 있소?"

그러자 루시퍼가 말했다.

"네놈은 인간치고는 훌륭하다. 우리 일을 잘하겠어. 네놈이 가브리엘과 싸우는 것을 잘 보았다.

네놈이 우리에게 충성을 맹세한다면, 부귀영화를 내려주마. 네놈이 할 수 있는 모든 것을 할 수 있게 해주겠다.

금은보화 미녀는 물론이고 많은 추종자도 만들어 주겠다."

미야모토가 담담히 말했다.

"나는 바람처럼 떠도는 무사입니다. 여자와 부귀영화에 관심 없소.

다만 알라라는 존재가 우주를 어둠으로 물들이고 신앙을 강요하는 것을 알고 여기를 찾아왔소.

그와 담판을 지을 생각이니 그에게 안내하시오."

루시퍼가 말했다.

"미친 녀석. 내가 순순히 알라께 인도할 것 같으
냐?"

그리고 루시퍼는 시뻘건 봉을 꺼냈다.

루시퍼는 주문을 외웠다.

"악마의 턱."

그러자 검은 불꽃이 강렬하게 미야모토를 휘몰아
갔다.

미야모토는 신풍을 꺼냈다.

"자유의 바람."

악마의 턱과 자유의 바람이 부딪혔다. 양측의 무
공은 호각이었다.

그렇게 붉은 궁전에는 신풍과 검은 불꽃만이 난무하고 있었다.

양측은 전력을 다해서 신력을 겨뤘다.

검신의 미야모토와 악마의 루시퍼 역시 모두 뛰어난 절정의 고수들이었다.

전투는 점점 장기전으로 흘러갔다.

루시퍼의 아름다운 얼굴이 점점 일그러졌다.

온갖 힘을 써도 미야모토는 꿈쩍도 안 했다. 마치 사람이 산을 옮기려 하는 것처럼 미야모토는 꿈쩍도 안 했다.

루시퍼의 악마의 불꽃이 점점 희미해지고 미야모토의 얼굴이 가깝게 보였다.

미야모토는 신풍을 들어 주문을 외운다.

"자유의 바람! 모든 악(惡)을 무(無)로!!!"

그러자 신풍에서 서늘한 바람이 나와 루시퍼를 감쌌다. 루시퍼의 불꽃은 소멸해 갔으며 그의 몸은 산산이 찢어지고 있었다.

루시퍼는 피를 토했다. 그리고 알라께 마지막 기도를 드린다.

"알라여, 저의 기도를 들으소서.

당신처럼 되고 싶었지만,

당신이 될 수 없었기에,

저는 타락천사가 되었나이다.

당신을 질투했던 것도, 당신을 증오했던 것도,

모두 저의 사랑이었음을 기억하소서.

하계의 인간들은 저를 사탄이라고 멸시했지만,

저의 마음 깊은 곳에는 오직 알라뿐이었나이다."

루시퍼의 검은 날개가 찢겼다.

그의 왜곡된 사랑이 낳은 결과였다.

미야모토는 담담히 주문을 한 번 더 외웠다.

"모든 악을 무로."

루시퍼의 검은 날개는 산산이 찢어졌다.

한편 그 시각 한 아랍에는 눈이 예쁜 여자아이가 태어났다.

부모는 사랑스러운 눈으로 예쁜 여자아이를 보며 말했다.

"눈이 예쁘니 루시퍼라고 해야겠어요. 하느님 이 아이가 커서 아름다운 음악으로 하느님께 경배 돌리기를 바랍니다."

그렇게 한 생명이 죽고 다른 생명으로 태어났다.

미야모토는 루시퍼의 붉은 궁전을 지나 올라갔다.

각종 관능적인 그림으로 도배된 궁전이 있었다.

각종 성관계 장면들이 노골적으로 그려진 한 음란한 궁전.

미야모토가 문을 여니 여러 남녀가 집단 성관계를 하고 있었다.

그들은 각종 신음을 내며 서로 뒤엉켜 있었다.

서로 끊임없이 몸을 탐닉하고 있었다.

미야모토는 무시하고 담담히 앞으로 지나갔다.

궁전 꼭대기에는 한 미소녀가 앉아 있었다.

"잘 왔다, 미야모토 무사시. 나는 지옥의 여신 아난나라고 한다."

미야모토가 담담히 읍을 했다.

"알라가 어디 있는지 알려 주시면 고맙겠소."

그러자 아난나가 빙그레 웃었다.

그리고 손을 흔들자 아난나의 옷이 모두 벗겨졌다.

아난나가 주문을 외우자, 각종 야릇하고 관능적인 공상들이 미야모토에게 흘러들었다.

미야모토는 직감적으로 아난나가 루시퍼보다 더 까다로운 상대라는 것을 느꼈다.

지금까지 적은 모두 물리적 강력한 공격을 해왔다면 이 여인은 색계를 쓰는 것이다.

미야모토는 신풍으로 방어하려 했지만 관능적인 공상들이 뚫고 들어왔다.

각종 쾌감과 야릇함, 수많은 미녀의 나신이 미야모토에게 나타났다.

미야모토는 가부좌하고 앉는다.

그는 마음으로 아난나와 싸웠다.

"부처의 팔정도. 음란의 유혹을 몰아내도다."

그러나 미야모토는 아난나보다 한 수 아래였다. 아난나가 각종 관능적인 공격을 하자 아직 젊고 혈기왕성한 미야모토는 무너질 것 같은 느낌이 들었다.

아난나에게 진다면 동물보다 못한 처지가 될 운명이었다.

음란에 미혹 당하면 인간의 존엄을 잃어버리게 된

다.

그리고 인격이 말살된 채 동물보다 못한 처지로 전락하고 마는 것이다.

검성 무사시는 싸움에서 질 수는 있었다.

그것 역시 하나의 치욕이지만 남자다운 패배일 것이다.

그러나 음란의 여인의 색계에 당하면 다시는 얼굴을 들지 못할 것이다.

그때 한 흰빛이 다가왔다.

"검성 미야모토, 한때의 쾌락으로 목숨마저 잃겠소이까."

관세음보살이 미야모토를 돕기 위해 나타난 것이
다.

관세음보살의 목소리를 듣자 미야모토는 다시 가
부좌를 했다.

그리고 팔정도의 주문을 외웠다.

"부처께서 색욕, 성욕을 끊으시고, 해탈을 얻으셨
도다. 세상의 오온 속에서 허상에 잡힌 번뇌를 푸셨
도다.

나 미야모토 역시 부처를 따라 이 여인의 색계를
끊는다."

겉은 아름답고 요염해도 사실은 허상인 색.

사랑 없으면 한낱 쾌감의 도구인 색의 본질을 미

야모토는 보았다.

그리고 미야모토는 정숙한 정신으로 계속 팔정도의 주문을 외웠다.

미야모토의 명치에서 검은빛이 나오며 아난나의 모든 성적 공상들이 소멸했다.

아난나는 땀을 뻘뻘 흘리고 있었다.

그리고 자신의 최선을 다한 색계가 미야모토에게는 통하지 않는다는 것을 알았다.

아난나가 말했다.

"제가 졌습니다, 미야모토 무사시. 매우 훌륭합니다. 붓다의 제자라고 볼 수 있겠네요. 이 길을 따라가면 알라를 만날 수 있습니다."

미야모토는 합장을 한 채 천천히 아난나를 지나쳤다.

걸어가자 넓은 광장이 보였다.

넓은 광장에는 수많은 군중이 모여서 예배를 드리고 있었다.

그들은 각종 의식을 거행하고 있었다.

시커먼 돌 앞에서 엎드려서 절하며 성서를 암송하고 있었다.

미야모토가 말했다.

"이보게들, 정신 차리시오."

그들은 검은 혹성의 사람들이었다.

그들은 미야모토가 있든지 없든지 신경을 끈 채로, 알라를 찬송하고 있었다.

모두 미쳐있는 것 같았다.

미야모토는 이런 일은 검으로 해결되는 일이 아니란 것을 잘 알았다.

또한 어떤 말도 검은 혹성 사람들은 듣지 않는다는 것 또한 알았다.

미야모토는 답답했다.

그때 미야모토의 귓전에 한 음성이 들렸다.

"나를 만나고 싶은가?"

미야모토는 소리쳤다.

"누구십니까?"

그러자 그 목소리는 다시 말했다.

"나를 만나고 싶은가?"

미야모토가 말했다.

"당신이 알라라면 당신을 만나고 싶습니다."

그러자 한 나무에 불꽃이 붙었다.

하지만 신기하게도 그 나무는 불에 타지 않았다.

미야모토는 그 나무에 다가갔다.

그러자 한 목소리가 들렸다.

"신발을 벗어라. 네가 있는 땅은 거룩한 땅이니라."

미야모토는 말했다.

"제가 신발을 벗으려면 여기 오지 않았을 겁니다. 예의를 지키겠습니다. 저와 결투를 벌여 주십시오."

그러자 그 목소리가 말했다.

"나는 지엄하신 신으로 사람과 싸우지 않는다. 돌아가라. 이번만은 너의 용기를 봐서 묵인해 주겠다."

미야모토가 말했다.

"그럼 한 마디만 묻겠습니다. 왜 여기 사람들은 당신을 경배하는 것입니까? 그리고 당신은 왜 당신만을 경배하라고 하십니까?"

그러자 그 목소리가 말했다.

"세상에는 법칙이 있다. 강한 자가 약한 자를 지배하고 뛰어난 자가 못난 자를 다스리지. 나는 이들보다 뛰어나고 강한 존재이다.

그리고 세상에서 나는 제일 강력하다.

그렇기에 지구인들은 그리고 검은 혹성의 영혼들은 나를 경배하고 있는 것이다.

누가 자기보다 못난 자를 경배하겠는가? 내 말이 틀렸는가?"

미야모토가 말했다.

"일리는 있습니다. 그렇지만 왜 당신께서는 강요하십니까? 왜 사람들에게 강제로 당신만을 예배하게 해십니까? 저는 그 점이 잘못되었다고 말씀드리는 것입니다."

그러자 그 목소리가 말했다.

"힘이 있는 자가 약자를 다스리는 방법 중 하나는 폭력이다. 그것이 무조건 잘못되었다고 생각하는 너의 전제 자체의 재고를 요한다."

미야모토가 검을 뽑았다.

"그렇다면, 제가 당신보다 강하다면 당신은 저를 경배할 것입니까?"

그 목소리는 아무 말이 없었다.

미야모토는 소리쳤다.

"당신을 쓰러트리고, 우주를 해방하겠습니다. 사람들이 자유롭게 자신들의 삶을 살 수 있게 만들겠습니다. 신에게만 의존한 채로, 자신을 버린 채로 살게 하지 않겠습니다. 그리고 진정 우리를 아끼고 사랑해주는 신을 찾게 하겠습니다."

미야모토는 주문을 외웠다.

"견고한 대지여,

순수한 물이여,

성스러운 화염이여,

자유로운 바람이여,

그리고 무한한 하늘이여!!!"

미야모토는 온 신기를 신검에 집중했다.

미야모토는 지금처럼 전투에 집중한 적이 없었다. 우주의 난적을 반드시 쓰러트림으로써 해방을 얻게 하고 싶었다.

그렇지만 그도 잠시 미야모토는 자신의 모든 검기가 순식간에 소멸하는 것을 느꼈다.

그뿐 아니라 엄청난 무저갱으로 떨어지는 듯한 충격에 휩싸였다.

절대자 알라는 강력했다.

미야모토가 상대도 안 될 만큼…….

미야모토는 알라의 무저갱으로 추락해갔다.

끝도 없는 밑바닥으로….

지옥 그 자체였다.

엄청난 공포가 미야모토를 덮었다.

알라는 미야모토가 만난 어느 누구보다 강했다. 누구도 대적할 수 없을 만큼…….

미야모토는 기도했다.

"창조주시여, 저는 정의를 믿습니다.

단지 강함으로 정의가 이루어지는 것이라면 정의는 의미 없습니다.

힘을 뛰어넘는 힘.

위대한 정신 정의에 호소합니다.

단지 알라를 제압해서 이기려는 것이 아니라 인간의 신앙에 그리고 피조물의 독립적 자유의지에 위대한 승리를 주십시오.

약해도 자신의 의견을 말할 수 있는 권리를 보장해 주십시오.

자기가 좋아하는 신을 사랑하고 찾을 수 있는 자유를 주십시오.

다수와 달라도 인정받을 수 있는 환경을 주십시오.

창조주시여 부디 저의 기도를 들어주십시오."

그때 무저갱에 신성한 산들바람이 불기 시작했다.

미야모토는 끝없는 무저갱으로의 하락을 멈추었다.

미야모토는 무한하신 창조주의 손길을 느꼈다.

그 신성한 산들바람은 매우 부드럽고 따뜻했다.

미야모토가 물었다.

"하느님, 어찌하여 알라의 행위를 방관하십니까? 사람들은 알라가 당신인 줄 믿으면서 예배하고 있습니다. 지구의 종교는 어둠으로 뒤덮여 있고, 사람들은 요상한 율법을 지키고 있습니다. 그리고 복을 빌지만 전쟁이 오고, 축복을 바라나 압제가 옵니다. 하느님 어찌된 일입니까?"

그러자 하늘에서 무지개가 빛났다. 너무나 아름다운 무지개였다. 미야모토는 자신이 본 것이 세상의 아주 작은 일부라는 것을 알았다.

세상은 그리고 우주는 매우 넓으며 자신은 아주 작은 움집 안에서만 살고 있었다는 것도……

미야모토가 기도했다.

"사랑의 하느님, 제 검에 힘을 주십시오. 알라를 쓰러트리고 우주를 해방시킬 힘을 주십시오."

그러자 무지개가 내려와 미야모토의 검에 닿았다.

미야모토는 검을 위로 들었다.

무지개가 하늘에 수정처럼 펼쳐지고 곧바로 알라의 목소리가 들렸다.

"전능하신 창조주께 복종합니다. 저는 이제 저의 일을 멈추고 손을 떼겠습니다. 영원하신 하느님 찬송 받으소서. 또한 저의 만행을 용서하소서. 제가 잘

못이 있다면 심판을 받겠나이다."

아름다운 노을이 우주에 비쳤다.

알라를 찬양하던 사람들은 정신을 차리고 자신을 돌아보았다. 더러운 흙 밑에서 구르던 미쳐가던 사람들이 정신을 차리는 순간이었다.

그들은 꿈에서 깬 듯한 표정을 지었다.

그들은 빙긋 웃었다.

누군가 말했다.

"우리 멋진 바다를 보러 놀러 갈까?" 사람들은 그제야 밝게 웃었다.

미야모토는 사람들을 보며 하늘 앞에 엎드려 세번 절했다.

그리고는 가벼운 발걸음으로 인도로 돌아갔다. 한 허름한 절,

한 노부부가 텃밭을 가꾸고 있었다.

미야모토가 말했다.

"붓다의 마지막 경전이 여기 있다는 소식을 듣고 찾아왔소."

노부부가 말했다.

"붓다의 마지막 경전은 여덟 글자라오. 무중생유, 유중생도(無中生有 有中生道)."

"무에서 유가 나왔고, 유에서 길이 태어난다."

검신의 바람 3

초판 1쇄   2023년 11월 15일

지은이   이웅
발행인   김재홍
디자인   김혜린
마케팅   이연실

발행처   도서출판 지식공감
브랜드   비움과채움
등록번호   제2019-000164호
주소   서울특별시 영등포구 경인로82길 3-4 센터플러스 1117호 (문래동1가)
전화   02-3141-2700
팩스   02-322-3089
홈페이지   www.bookdaum.com
이메일   jisikwon@naver.com

가격   12,000원
ISBN   979-11-5622-831-8 03810

비움과채움은 도서출판지식공감의 임프린트 출판입니다.